Gicky BARUMBI

ELLE EST RESTEE

Une histoire de violences conjugales
racontée par un enfant.

Thriller

©2023

© 2023, Gicky BARUMBI

Edition: BoD – Books on Demand, *info@bod.fr*

Impression: BoD – Books on Demand, In de Tarpen

42, Norderstedt (Allemagne)

Impression à la demande

Dépôt légal : Mai 2023

ISBN : 978-2-3224-5370-2

PREFACE

D'abord, mettons tout de suite les choses au clair. Je vais vous parler de la violence que mon père infligeait à ma mère mais sachez qu'il n'était pas l'homme le plus méchant de la planète ... Au contraire, il était le meilleur papa du monde. Seulement, il avait un grand défaut : il battait ma maman.

Oui, je mesure l'ampleur : *« Gicky, t'es prêt à cracher sur la mémoire de ton père ? »*. Rassurez-vous, ma mère ne me le permettrait jamais. D'ailleurs, j'ai une confidence à vous faire : « Elle ne sait pas que j'ai décidé de raconter son histoire ».

En réalité, elle ne me laissera jamais la publier. Alors, plutôt que de vous parler d'elle, je vais vous parler de moi.

Surprenant non ? Vous vous demandez sûrement en quoi mon histoire peut vous être utile : « On s'en fout de votre histoire Gicky ! ».

Je comprends votre indifférence mais, sachez une chose : Les violences subies par l'un des parents dans un couple affectent aussi les enfants.

A mon héroïne, ma mère, ma source de motivation, je dédie ce livre. Attendez, je le dédie aux vôtres aussi pour ce qu'elles sont : FEMMES !

………… La violence est souvent une mise en acte de l'impuissance.

Jacques SALOME

………. La violence commence où la parole s'arrête.

Marek HALTER

………. C'est la même vie.

John BERGER

LA MEMOIRE ERRONEE

Kisangani, le temps d'un été

Début de l'été. Je note tout dans un coin de ma tête. J'avais 6 ans.

Aurai-je la force de tout raconter un jour ?

Je n'ai jamais pensé à devenir écrivain dans ma vie.

D'ailleurs, quel est cet enfant qui rêve d'être barbouilleur étant grand ?

Certes, j'avais des ambitions mais je ne me voyais pas en Victor Hugo plus vieux.

Moi, mes rêves étaient de devenir un « super-héros » comme Batman.

Attendez, ne me jugez pas tout de suite : « *Mais voyons, super-héros, ce n'est pas un vrai métier ça !* »

Je vous l'accorde. En grandissant, j'ai compris que ce genre de métier n'existait que dans les films Marvel.

Laissez-moi juste le temps de profiter de ce moment d'innocence qu'offre l'enfance. Cette fameuse période où nous construisons inconsciemment notre personnalité.

Je voulais devenir super-héros pour pouvoir secourir ma mère une fois que mon père aurait la fâcheuse idée de lever sa main sur elle.

Je dois à nouveau vous confier quelque chose : « Personne n'a pu déchiffrer mon petit plan secret jusqu'ici ».

Comment aurais-je pu annoncer à mon père lors d'un repas de famille que j'avais l'intention de le battre une fois qu'il oserait frapper ma mère ?

D'ailleurs, je déteste les discussions qui naissent autour d'un repas de famille : je m'en fous éperdument de savoir que mon oncle vient d'acheter un nouveau scooter pendant que je suis entrain de déguster mon Mafé.

J'ai toujours eu du mal à comprendre que les gens préféraient entendre ce genre d'histoires plutôt que de savourer langoureusement leurs plats.

Non, je m'emballe un peu trop (je suis de nature chineur). En réalité, il y a une seule chose que je détestais le plus quand j'étais petit. C'était quand mon père battait ma mère.

Ne partez pas !

Je n'ai jamais aimé mentir et je ne suis pas d'accord avec ceux qui disent que les enfants sont des menteurs par excellence. L'oppression ou parfois l'impuissance poussent l'enfant à maquiller certaines vérités.

« Cela m'importe peu ». Ce que vous appelez mensonge, était ma seule chance de survie.

J'aurais aimé regarder mon père dans les yeux comme font les hommes et lui dire que j'avais l'intention de le battre pour lui faire ressentir la souffrance qu'il infligeait à ma mère.

Non seulement, je n'avais pas le courage mais physiquement, je n'étais pas prêt à mettre en danger mes petits muscles de canard face à sa corpulence monstrueuse.

Alors, je mentais à chaque fois qu'on me questionnait sur mes passions. Je disais que je voulais être avocat. Mon père n'était pas d'accord avec ce choix.

Il ne voulait pas que je finisse au chômage comme mes autres frères qui avaient choisi le même parcours.

J'estimais qu'il n'avait pas à choisir à ma place : adopté !

Suivez-moi.

Je vous ai dit que je détestais les commérages qui se tiennent lors des repas de famille mais j'aimais beaucoup par contre, discuter avec ma mère après ces fameux repas.

Souvent, elle nous emmenait dehors mes frères et moi, elle allumait un petit feu pour nous réchauffer ensuite elle nous installait sur le litoko[1] pour nous conter des histoires.

C'était une excellente conteuse !

Elle avait le don de nous endormir avec ses histoires.

Certains soirs, elle nous racontait des histoires horrifiques. C'était mes soirées préférées. Mes frères n'aimaient pas trop car ça les empêchaient de dormir.

« Cela m'importe peu ». Je dormais comme un bébé.

Ce rituel d'histoires avec maman se répétait tous les soirs sauf les jours où nous commettions des grosses bêtises.

Alors, on avait intérêt de rester sages pour profiter de ces petits moments d'intimité avec maman.

Sortez !

---

[1] Tapis en bambou utilisé en Afrique.

Je vous ai menti en vous disant que je ne voulais pas devenir écrivain. Ma mère m'avais transmis sans le vouloir son talent de conteuse.

Je ne voulais juste pas la décevoir car contrairement à mon père, elle voulait que je devienne avocat.

Tu m'entends ?

Oui, j'entends ma mémoire me ventiler des vagues souvenirs.

Des souvenirs d'un enfant impuissant face à la violence : Une mère battue devant ses yeux … La parole se libère !

ENTRE PLUSIEURS LIGNES

D'où vient-elle cette fascination que j'ai envers les femmes ?

Pourquoi devrais-je autant respecter la gente féminine ?

Je dois être vu comme un imposteur par tous les **zézettephobes** : « *Les femmes supérieurs aux hommes ? Non, jamais de la vie ! Après tout, c'est nous qui portons la culotte. En plus, nous avons des zizis.* ».

Ça arrange souvent les hommes d'être considérés comme étant supérieurs aux femmes : Vive le patriarcat !

Observez bien.

Les femmes ont aujourd'hui le droit de vote : « *Qu'est-ce qu'elles veulent en plus ?* » ; « *Elles ne peuvent pas se contenter de ce privilège ?* » ; « *Elles veulent notre place ?* » ; « *Elles n'auront jamais le même niveau que nous* ».

Suivez-moi.

Je suis venu au monde sans savoir qu'il existait un genre supérieur à d'autres.

En grandissant, la société m'a même fait comprendre qu'il y avait une hiérarchie des races.

« Cela m'importe peu ». Je n'ai pas l'intention de changer l'humain.

Vous avez vu le mépris avec lequel on traite les animaux ? : *« Ils existent simplement pour qu'on les mange »*.

...... Clouez-moi sur une croix, je ne parlerai qu'en présence de mon avocat.

J'ai été formaté à l'idée d'une supériorité masculine que je n'ai jamais cautionnée.

Mon père aimait souvent me répéter cette phrase : *« Tu dois toujours te comporter comme un Hommmmme fils ! »*. J'avoue que je n'ai jamais compris le sens de cette phrase. C'est ma mère qui m'a permis d'atteindre la résilience et de se défaire de cette vision du monde.

Mon père était souvent absent de la maison. De temps en temps, il revenait nous voir et nous apportait plein de cadeaux. Mais très vite, il repartait en voyage pour son travail. Il le faisait pour nous nourrir d'après ma mère.

Suivez-moi.

En Afrique où je suis né, la plupart des femmes n'ont pas de travail. Pour certaines, le mariage est malheureusement la seule issue de survie. D'autres, ne choisissent même pas leurs partenaires. Elles sont données aux hommes par leurs parents moyennant la dot.

Souvent, le divorce n'est pas envisageable : Les parents n'étant pas en mesure de rembourser la dot versée par les maris, n'ont pas d'autre choix que de réconforter leurs filles à l'idée de soumission.

« Femmes, soyez soumises à vos maris comme au seigneur ».

C'est triste à dire mais c'est souvent un aller sans retour ; quitte à y laisser sa vie.

Rentrez !

Je ne sais pas comment ça s'est passé pour ma mère. C'est tabou d'en parler. La pudeur passe avant tout. Elle était heureuse apparemment donc tout allait bien.

Elle avait deux boulots : comptable dans une université la journée et boulangère en indé le soir à la maison. C'était la meilleure boulangère de ma ville.

Oui, ma mère était la meilleure boulangère de ma ville et ça parmi tant d'hommes.

Toute la ville voulait avoir son pain au petit-déjeuner et le soir à l'heure du repas. C'était la course contre la montre pour les clients et les retardataires avaient torts.

« Revenez demain, le stock est fini ! ».

Pour ne rien manquer, les clients étaient là à la première heure.

Ils sont où ceux qui disent que les femmes ne peuvent pas être devant les hommes ?

Vive le patriarcat si ça les arrange.

Mon premier modèle de réussite et d'excellence est tout sauf un homme. C'est ma mère, mon djinn, mon ange gardien aux pouvoirs créateurs et son esprit est en moi.

Je me demande si ça fait de moi un faible d'avoir comme modèle une femme. Suis-je efféminé ?

« Cela m'importe peu ». Le genre c'est les hommes qui l'ont inventé. En principe, tout ce qui a été créé par eux ne m'inspire pas confiance.

Observez bien.

L'ordre des choses est toujours le même. D'abord, ils nomment ensuite ils hiérarchisent. Et souvent, les critères de domination ne tiennent pas la route.

- Lui, il a un zizi donc on va l'appeler « Homme », dit le chef

- Oui chef, répondirent les moutons

- Elle par contre, n'a pas de zizi. Vous avez une idée de comment on peut l'appeler ?

- « Hommette », chef ?

- Non, je préfère « femme », dit le chef.

- Totalement d'accords avec vous, répliquèrent les moutons.

- Personnellement, je pense que le zizi est plus solide que la zézette donc, c'est plus convenable que le zizi domine la zézette, dit le chef.

- Tu es un génie, scandèrent les moutons.

- Maintenant, tous celles et ceux qui ne rentrent pas dans la norme : Ce n'est pas notre problème. Dit le chef.

- Ils n'avaient qu'à choisir leurs camps, répliquèrent les moutons.

Séance levée !

Je n'ai jamais su qui les fixait ces règles. Sincèrement, j'aurais tellement aimé les changer pour que l'Egalité soit concrète.

Ne partez pas.

LA VIOLENCE C'EST MAINTENANT

C'était le chaos. Je dirais presque comme un tsunami qui emporte les vies en Haïti.

En sortant de ma chambre un dimanche matin, j'ai vu ma mère allongée au centre du salon ensanglanté. J'avais 6 ans.

- Maaaaaamannnn !!!!!!! M'écriai-je en courant vers ma mère. Qu'est-ce qui s'est passé papa ? Je demandai à mon père d'une voix forte et tremblante.

Mon père resta silencieux pendant quelques secondes avant de me répondre :

- Maman a glissé en faisant du ménage. Elle est tombée puis s'est ouverte le crâne.

Vous y croyez ?

Mon cerveau a eu du mal à digérer cette information. On dit souvent que les enfants sont naïfs mais moi je n'y croyais pas une seconde. Ma tête n'arrêtait pas de cogiter mais la seule chose qui me préoccupait sur le champ, c'était de savoir si ma mère était encore en vie. Je refusais de croire qu'elle était morte malgré le fait qu'elle était immobile.

Jusqu'ici, je savais que le ménage était la tâche principale de maman mais je ne savais pas qu'on pouvait mourir en le faisant.

« Maman s'en sortira » me dictait ma petite voix intérieure. Cette même voix m'activait à mener des enquêtes plus tard pour connaître la vérité. A l'instant, c'était la santé de ma mère qui m'obsédait donc, ce n'était pas le moment de commencer les enquêtes. Ça attendra.

Quelques minutes plus tard, j'entendis le bruit d'une sirène près de notre maison. C'était l'ambulance qui arrivait pour secourir ma mère.

Mon père prit la parole avec une voix à peine compréhensible :

- Il était temps qu'ils arrivent ces ambulanciers !!!

Je n'avais pas compris si c'était un soulagement ou une façon de manifester son mécontentement. Son visage était serré, ses yeux rouges et ses lèvres tremblotantes.

Dans les secondes qui suivirent, les ambulanciers étaient devant notre parcelle.

Je suis sorti du salon où était allongée ma mère pour les prévenir de l'état dans lequel elle se trouvait.

- Elle perd beaucoup de sang, dis-je aux ambulanciers d'une voix effarouchée.

- On arrive jeune homme, répliquèrent-ils en simultané.

Ils sortirent le brancard de l'arrière du véhicule et me suivirent en vitesse.

- Venez, c'est par ici, dis-je aux ambulanciers en courant.

A peine arrivés au salon, ils tombèrent nez à nez avec mon père qui attendait comme un chef.

- Vous avez mis trop de temps, dit mon père aux ambulanciers d'une voix imposante.

- Nous avions une autre urgence avant de se rendre ici monsieur, répondirent les ambulanciers encore une fois en simultané.

- Ma femme est entrain de mourir et vous osez me dire ça ? S'excita mon père en pointant du doigt les ambulanciers.

- Calmez-vous monsieur, nous allons prendre soin de votre femme, répliqua l'un des ambulanciers d'un air apaisé.

De mon côté, j'estimais que cette dispute n'avait pas sa place tant que la vie de ma mère était en danger.

- Pourriez-vous nous dire ce qui est arrivé à votre femme ? Demanda un autre ambulancier à mon père en sortant un carnet et un stylo de sa poche.

Mon père d'un air désespéré, répéta froidement la même version des faits qu'il m'avait donnée avant leur arrivée.

Ce jeu de questions/réponses dura à peu près cinq minutes avant que je les interrompisse :

- Ecoutez messieurs, ma mère est inconsciente depuis tout à l'heure et elle continue de perdre du sang. Pourriez-vous l'emmener immédiatement ?

- Tu as raison jeune homme ! Il faut l'évacuer très rapidement. Répliqua l'ambulancier qui tenait un carnet entre ses mains.

- Auriez-vous une serviette que nous pourrions poser sur le brancard avant d'installer votre femme ? Demandèrent les ambulanciers à mon père.

Mon père courut vite dans leur chambre et apporta une grande serviette blanche qu'il passa aux ambulanciers.

Ils prirent la serviette, l'installèrent sur les coussins du brancard ensuite ils enfilèrent leurs gants puis portèrent ma mère du sol où elle se trouvait et la posèrent sur le brancard. Après tout ça, ils vérifièrent que toutes les ceintures du brancard étaient attachées de fond en comble avant de ramener ma mère vers leur véhicule resté devant la parcelle.

Pendant que ma mère était entrain d'être poussée par les ambulanciers vers le véhicule, mon père et moi suivions le convoi comme des marionnettes.

Dès que nous arrivâmes devant la portière du véhicule, l'un des ambulanciers s'arrêta et se tourna vers moi et me dit d'un ton autoritaire :

- Jeune homme, ta mission s'arrête ici. Nous n'avons pas le droit de te faire monter dans l'ambulance à ton âge. Ton père va accompagner ta mère jusqu'aux urgences.

Mon père à son tour me regarda et me dit :

- Ils ont raison Gicky. Tu dois rester à la maison et attendre que tes frères reviennent de l'Eglise.

Oui, « Eglise » fut le dernier mot que mon père m'adressa avant de prendre place sur un siège de l'ambulance à côté du corps de ma mère immobile.

J'ai passé le reste de ma journée dans une pétrification inimaginable. J'étais dans le salon, assis comme un vampire à côté du fleuve de sang que le corps de ma mère a versé. Quelle horreur !

Pendant ce temps, mon intuition me dictait des choses que je ne comprenais pas encore : « Et si ton père était à l'origine de cette histoire ? ».

Qu'en pensez-vous ?

Bon, restez en dehors de tout ça. Il n'y aura pas de procès de mon père pour l'instant. De toute façon, même si je le veux, je n'ai aucune preuve qui l'accable. Du coup, tout ce que je peux faire, c'est prier pour que ma mère s'en sorte.

Priez avec moi.

« Ô très doux cœur de Jésus, avec la même foi et le même amour qui dictèrent à Marthe et Marie ce message : " Seigneur, celle que tu aimes est malade ", nous aussi nous t'adressons ces paroles parce que nous sentons la nécessité de ton aide et de ta miséricorde. Que vienne ta grâce, ô Jésus, par les mains de Sainte Rita, afin que la personne mourante que nous te recommandons retrouve la santé. Fais-le par les mérites de cette Sainte, par ses pénitences, par ses atroces douleurs dont elle souffrit pendant les quinze années où elle fut participante de ta douloureuse Passion. Adresse, ô Sainte Rita, une prière à Jésus ton doux Sauveur qui, certainement, t'exaucera, accordant la santé à ces personnes malades qui ont mis en toi la confiance. Avec toi, nous en remettons à la volonté du Père qui agit toujours pour le plus grand bien de ses enfants. Amen ! ».

Au fond, je ne savais pas si ma prière servirait à quelque chose mais, je croyais au plus profond de moi que ma mère resterait en vie en faisant cet acte de foi.

Attendez, j'entends quelqu'un frapper à la porte ...

C'était mes frères qui revenaient de l'Eglise.

Dès que j'ouvris la porte, ils virent mes mains et mes habits plein de sang, ils s'écrièrent. Mon frère Parker en premier :

- Qu'est-ce que tu as encore fait ?

Je n'osais pas ouvrir ma bouche, je les regardais comme un fantôme.

- D'ailleurs, pourquoi c'est toi qui nous ouvre la porte ? Demanda Aaron en courant vers le salon.

- Paaapaaa !!!! Maaaaaamannnn !!!! Vous êtes là ? Sonda David.

Face à mon silence inquiétant et l'absence de réponse de mes parents, David sortit son téléphone pour les appeler. Il commença par appeler le numéro de ma mère. Pas de bol, son téléphone sonnait dans la pièce à côté.

Entretemps, mes autres frères continuèrent de me harceler de questions sur la situation. Je les regardais comme une poupée face à son propriétaire.

David enchaîna sur le numéro de mon père. Après plusieurs tentatives, mon père décrocha enfin son téléphone.

Mon père raconta à David ce qui arriva à ma mère et le rassura qu'elle se portait mieux avant de lui filer l'adresse de l'hôpital où Maman était internée.

David prit ensuite la parole d'un air désespéré après avoir raccroché son téléphone :

- Mmmmmmmmm …

Aaron laissa tomber son téléphone avant de demander à David :

- Maman est décédée c'est ça ?

David resta silencieux quelques secondes avant de reprendre la parole :

- Ecoutez, nous avons un gros souci. Maman a eu un accident très grave. Elle est en vie rassurez-vous mais toujours inconsciente pour l'instant.

C'était la première bonne nouvelle pour moi depuis le départ de ma mère avec les ambulanciers. Je me suis approché de David comme si je revenais à la vie avant de lui demander :

- Tu as l'adresse de l'hôpital ?

David ne donna pas de réponse à ma question, il se déplaça dans la pièce à côté où se trouvait sa chambre et de là on entendit :

- Apprêtez-vous, on va voir maman !!!

Aaron se jeta sur moi pour enlever les habits que je portais avant de m'offrir la plus glaciale des douches. Il m'enfila ensuite des habits propres comme si j'allais dans un mariage. Dans les minutes qui suivirent, nous étions en route pour l'hôpital.

TOUT SE TIENT A UN FIL ...

Cela fait une heure et quart que mes frères et moi sommes arrivés à l'hôpital de Référence de Kisangani[2].

D'après le docteur, nous devrions patienter encore un peu dans la salle d'attente avant d'accéder à la chambre où ma mère était internée. David prit son téléphone pour avertir mon père que nous étions arrivés.

Les regards tristes de mes frères laissaient paraitre un mauvais présage.

« Ce n'est pas le moment de perdre espoir » me dictait ma petite voix intérieure.

- Ahhh !!! Regardez qui arrive vers nous. Dis-je à mes frères, d'une voix tremblante.

- C'est Papa ! Répliqua Aaron en se levant d'un pied de biche du banc sur lequel nous étions affaissés depuis plus d'une heure.

---

[2] Le plus grand hôpital de Kisangani, une ville située au Nord-Est de la République Démocratique du Congo.

- Voyons voir la nouvelle qu'il nous apporte. Dit David.

Plus je voyais mon père s'approcher, plus mon cœur battait à la vitesse d'un TGV.

Il arriva finalement vers nous après avoir traversé tout le couloir. Avant même qu'on lui demande, il prit la parole pour nous apaiser :

- Ecoutez, votre maman est en vie. Elle est toujours inconsciente mais les médecins pensent que tout pourrait s'arranger dans les prochaines heures.

- Et toi t'en penses quoi ? Demanda Aaron à mon père.

- Ecoute fiston, je n'en sais rien. Pour l'instant, faisons confiance aux médecins. Répondit mon père.

- Papa, tout à l'heure au téléphone, ce n'était pas vraiment clair. Tu peux nous dire ce qui s'est réellement passé ? Demanda David à mon père d'un ton calme.

- David, écoute, ce n'est pas le moment ni l'endroit pour parler de tout ça. Répliqua mon père avant d'enchainer :

- Vous avez pu manger avant de venir ?

- Comment veux-tu qu'on ait la force de manger après tout ce qui est arrivé à maman ? Non, on n'a pas faim ... Enfin, moi en tout cas. Répliqua David.

- Bon écoutez, si vous n'avez pas faim, moi je vais retourner dans la chambre où se trouve votre maman pour voir si elle s'est réveillée depuis. Dit mon père.

- Nous pouvons venir avec toi ? Demanda Aaron

- Non, vous devez attendre que les médecins vous y autorisent. Répondit mon père.

Nous sommes restés dans cette salle d'attente de tristesse entrain de regarder notre père répartir vers la chambre sécurisée de maman.

David reprit la parole en me regardant dans les yeux d'un air intimidant pour me soutirer des informations :

- Ecoute, maintenant que tu parles, peux-tu nous dire ce que t'as vu ?

Mes frères pensaient que j'étais présent lorsque le drame s'est produit mais comme eux j'attendais des réponses aussi :

- Je n'en sais rien. Je n'ai vu aucune action. Je sortais juste de ma chambre et là j'ai vu maman allongée au milieu du salon ensanglanté comme si elle était morte. J'ai demandé à Papa ce qui s'était passé et il m'a dit que maman avait glissé en faisant du ménage et s'est ouverte le crâne …

David me coupa dans mon élan pour émettre son doute :

- Glisser en faisant du ménage ? Et quoi d'autres ? C'est bizarre cette histoire.

Je ne savais quoi répondre à toutes ses questions. Je me retournai vers Aaron pour lui demander s'il avait une bouteille d'eau dans son sac. Il me passa une grande bouteille d'eau pour que j'étanche ma soif de girafe.

- Ah ! voilà un docteur qui arrive vers nous. Ecoutons ce qu'il a à nous dire. Dit David.

- Bonjour Monsieur ! Nous dîmes à l'unissons en s'adressant au docteur.

- Bonjour jeunes hommes ! Vous êtes les fils de Noëlla ?

- Oui, c'est notre mère. Répondis Aaron.

- Ecoutez, pour l'instant, il y a plus de peur que de mal. Votre mère reprend progressivement ses esprits. Elle n'a pas dit un mot depuis mais tout pourrait s'arranger dans les prochaines heures. Dit le médecin d'un air serein.

En ces mots, mon chagrin disparu. Du moins que l'on puisse dire, c'était un gros soulagement pour tout le monde de savoir que maman était encore en vie.

- Vous savez quand est-ce qu'il serait possible que nous puissions la voir ? Demandai-je au docteur.

- Je passerai vous chercher au moment opportun. Pour l'instant, tout ce qu'elle a besoin, c'est de se reposer. Répondit le docteur.

- Merci monsieur …

Je dois vous avouer que je commençais à perdre patience à attendre dans cette salle de tristesse. Mes frères aussi je pense. Tout se lisait dans leurs regards. Une chose était sûre : Maman était encore en vie. Je n'avais après tout aucune raison de craquer avant de la revoir.

Je continuais entretemps à murir mon esprit à l'idée de la découverte de vérité sur cette histoire.

C'est assez marrant que je vous parle de vérité comme si je croyais au concept. Ce que je pense de cette notion vous étonnerait certainement. Pour moi, la vérité n'existe pas. Elle est l'instance la plus complexe de notre existence. Les humains l'ont inventé dans un seul but : Persuader !

Observez bien.

Les plus gros menteurs utilisent souvent cette formule :
« C'est la vérité ce que je dis ». Ceux qui y croient au
départ, finissent par se rendre compte qu'ils ont été pris
dans le piège en découvrant la face cachée des choses.

Moi, je pense qu'il existe seulement plusieurs
mensonges. Certains sont plus tendres et d'autres très
destructeurs. Tout est dans la croyance de chacun.

Les humains ont parfois du mal à l'admettre : on se ment
tous à des échelles différentes.

Je ne suis pas entrain de vous dire qu'aucun discours
n'est plausible. J'ai juste du mal avec le « credo » qui
accompagne ces discours.

Le problème avec la « vérité » ce qu'elle n'est jamais
absolue. Elle est tout le temps flexible. Un discours aussi
réaliste qu'il soit peut toujours se heurter à des
contradictions d'autres individus qui ne partagent pas le
même point de vue. Ceux qui contredissent ont tort pour
autant ?

Non, je ne pense pas. Chacun est libre de croire en ses
idéaux. Il faut de la tolérance.

Pour comprendre ce que je dis. Prenons un exemple : Les
chrétiens croient que Jésus est le fils de Dieu, le Saint-
Esprit et Dieu en même temps. Les musulmans pensent
qu'Allah est l'unique Dieu. Les athées sont persuadés

que Dieu n'existe pas. Dans tous les cas, chaque instance est convaincue de posséder la « vérité ».

Nous nous retrouvons alors en face de trois vérités. La première vérité annule les deux autres et vice versa. Les trois vérités devenant des simples mensonges suivant le camp que l'on choisit.

Une autre raison pour laquelle je ne crois pas au concept de « vérité », ce qu'il n'est jamais autonome. La vérité impose toujours un minimum de « confiance ». Alors, si la vérité existait réellement, en quoi aurait-elle besoin de la « confiance » pour exister ?

Vérifiez toujours.

Mon père m'a dit que ma mère s'est ouverte le crâne en faisant du ménage. C'est sa vérité à lui. Vous savez maintenant ce que je pense de tout ça.

Deux heures maintenant, depuis que nous étions cloués sur ce banc de la salle d'attente mes frères et moi.

Au fond, je ne savais même plus pourquoi j'avais autant envie de revoir ma mère.

Tout ce que je me disais : Rien ne restera caché longtemps. Le mensonge finira par triompher.

COMME UNE EVIDENCE

Je ne croyais plus qu'on pouvait avoir accès dans cette fameuse chambre où se trouvait ma mère.

Cela fait à peine deux minutes que le médecin nous a autorisé d'y accéder.

Maman venait à peine d'ouvrir ses yeux avant de replonger dans son sommeil.

Le seul mot qu'elle a dit c'est mon prénom. Oui, « Gicky » est le seul mot qu'elle a prononcé lorsqu'elle est revenue à la vie.

La question que je me posais c'était de savoir pourquoi moi en fin de compte. Oui, je suis son fils mais ce n'était pas une raison suffisante. David et Aaron le sont aussi.

Mes frères devraient être jaloux certainement. Ils ne disaient rien certes, mais ce n'était pas évident.

Je ne savais pas ce que ma mère attendait de moi. Personnellement, tout ceci me rajoutait de la pression supplémentaire.

Mes soucis étaient grands sans raison. Je pense que ma mère voulait simplement s'assurer que son dernier fils allait bien.

Ce qui était sûr, ce qu'elle était en vie et c'était mon bonheur. J'espérais juste qu'elle se rétablisse très vite pour que mon enquête commence enfin. Mon questionnaire était prêt.

Suivez-moi.

Au Congo, la plupart d'hôpitaux n'ont pas de machines. Souvent, les malades ne sont pas traités convenablement.

L'automédication reste la méthode la plus répandue et priorisée de se soigner pour la majorité des familles modestes comme la nôtre.

Dans les cas les plus graves comme celui de ma mère, l'hôpital reste incontournable si vous tenez à la vie d'un des vôtres.

L'assurance maladie étant inexistante, les frais d'hôpital et les médicaments sont à la charge du malade ou de sa famille. Pour les familles qui ne peuvent pas régler la facture avant le traitement, les médecins font parfois preuve d'indulgence. Ils prennent en charge le malade mais ce dernier restera interné tant que la facture reste impayée.

Certaines familles n'ont pas d'autres choix que de vendre quelques objets de valeur pour payer la caution. Pour les plus pauvres, il n'y a presque pas de solution. Ils abandonnent souvent les malades. L'hôpital devenant ainsi une sorte de prison.

Chaque jour est un miracle …

Oui, un miracle ! Ma mère est de retour à nouveau. Elle nous a fait un gros sourire mais elle ne se souvient encore de rien.

- Où suis-je ? Demanda-t-elle d'une voix à peine audible.

- A l'hôpital Maman. Répliqua David.

- Hooooo …. Pital ? Sonda ma mère d'un air étonné.

- Oui, les ambulanciers t'ont emmené ici en urgence. Répondit mon père.

- Mais il m'est arrivé quoi pour que je sois ici ? Demanda ma mère

- Maman, nous aussi nous ne savons pas grand-chose. En revenant de l'Eglise, nous avons trouvé Gicky tout seul à la maison avec du sang partout. Nous avons essayé de t'appeler, mais ton téléphone sonnait dans votre chambre. Nous avons appelé Papa et il nous dit que vous étiez ici parce que tu as glissé en faisant du ménage et que tu t'es ouverte le crâne. Raconta Aaron à ma mère.

- Personne ne me croit donc ? Rétorqua mon père d'une voix énervée.

- Mais Papa, personne ne dit que c'est faux mais on veut juste que Maman nous en dise un peu plus. Dit David.

- Non, votre mère ne dira rien. Elle doit encore se reposer. Ce n'est pas le moment de secouer son cerveau. Répliqua mon père.

Au fond, je comprenais bien la démarche de mon père car c'était aussi pour le bien de maman. Une chose clochait malgré tout : Il était beaucoup sur la défensive.

Ma mère de son côté ne comprenait pas ce qui se passait. Elle était fatiguée et je ne voulais pas aggraver sa situation.

J'ai demandé à Aaron s'il pouvait m'accompagner aux toilettes. David nous suivit par la suite.

On s'est retrouvé tous les trois dans la cour principale de l'hôpital pour se faire part de nos suspicions.

- Je suis le seul à trouver louche l'attitude de papa ? Demandai-je à mes frères.

- Non. Il y a quelque chose. Ils répondirent en simultanée.

- Je suis persuadé qu'il nous cache quelque chose. Dis-je.

Vous vous demandez sûrement d'où venait une si grande maturité à mon âge. Ecoutez, lorsqu'on vit dans un monde aussi cruel qui est le nôtre, on ne reste pas enfant longtemps.

Mon père avait beaucoup de chance de s'en tirer pour le coup. Il est vrai qu'on le soupçonnait d'avoir battu maman mais on n'avait aucune preuve pour l'accabler.

Ce qui me paraissait comme une évidence n'était qu'un soupçon.

Je me sentais impuissant encore une fois et j'avais honte de ne rien faire pour aider ma mère. Mes mains tremblaient, mes yeux versaient des torrents de larmes, mes nerfs claquaient. Je perdais le contrôle.

Ma mère qui était la seule à nous dire ce qui s'était réellement passé, ne se souvenait presque plus de rien. Son cerveau avait subi un gros choc lors de l'incident d'après le médecin.

La mémoire est-elle à ce point fragile ? Ma mère arrivera-t-elle à se souvenir un jour de ce qui s'était passé ?

Je n'avais aucune réponse à toutes ces questions. Il était d'ailleurs très probable que ma mère ne se souvienne de rien pour le restant de sa vie.

L'affaire était loin d'être pliée.

La plus grosse cellule d'enquête était entrain de se constituer dans le plus grand des calmes. J'avais convaincu mes frères de surveiller les moindres gestes déplacés de mon père envers ma mère. On était tous contents et prêts à jouer ce rôle.

Mon père lui, ne se doutait de rien. Il n'avait rien fait à ma mère selon sa version des faits, mais, il avait intérêt à bien se tenir pour les prochains jours.

****

Quatre jours se sont écroulés depuis l'hospitalisation de ma mère. Elle avait encore besoin de repos mais le médecin principal de l'hôpital de Référence de Kisangani avait donné son feu vert pour que maman revienne à la maison dès qu'elle aurait décidé.

Ma mère se sentait prête à quitter l'hôpital et elle pensait surtout que quelqu'un d'autre avait besoin de ce lit pour être soigné. Quelle générosité !

Nous avons alors quitté l'hôpital dans les heures qui suivirent. Un taxi nous a ramené jusque devant la porte de notre maison située à trois kilomètres de l'hôpital. Une fois dans la maison, nous avons compris que le plus grand travail n'avait pas encore été fait. C'était la définition même du bordel. Par où devrions-nous commencer ?

La pièce où le sang de ma mère avait coulé, devrait être nettoyée. Nous devrions ensuite s'occuper de Maman avant qu'elle reprenne sa forme et sans oublier, notre mission d'enquêteurs.

Toutes ces tâches me paraissaient irréalisables au premier abord. Une chose était sûre, mes frères et moi étions déterminés à percer le mystère autour de la chute de Maman. C'était notre seul carburant.

Il nous fallait donc une organisation titanesque si on voulait y arriver.

David et moi avions entrepris de nettoyer toute la maison et de faire quotidiennement le ménage et à manger pour tout le monde. Aaron devait s'occuper des déplacements de Maman et ses besoins primaires. La solidarité était en marche.

D'une loyauté sans faille à notre mère, nous avons rempli nos fonctions. Pas un seul jour ne passait sans qu'on honore nos engagements.

La remise en forme de maman s'est donc faite plus vite que prévue. Que pouvait-elle demander en plus ? Elle était entourée des personnes qu'elle aime le plus au monde ; sa famille.

C'était une première victoire pour nous de voir que Maman se tenait à nouveau sur ses deux pieds quelques jours seulement après son retour à la maison.

Nous étions heureux pour sa santé mais, il ne fallait surtout pas oublier notre mission de sentinelle. Il fallait éviter à tout prix que ce genre de scénario se répète.

Je n'avais aucune certitude que ma mère a été violenté par mon père, mais, je me disais qu'il fallait rester vigilent.

LE TEMPS D'UN FLASHBACK

C'était la semaine d'avant Noël. Longue, stressante et mouvementée. Il y avait comme un air de fête. Les Boyomais[3] étaient plus joyeux car ils attendaient leurs cadeaux de fin d'année. Ma famille était au complet à la maison.

Les cadeaux paraissent comme une banalité chez les gens aisés. Au Congo, c'est magique. C'est un sacrifice. Un acte de considération extrême. Il s'agit comme dans toutes les figures de l'existence, d'un don de soi.

Ma mère avait repris sa forme parfaite depuis deux semaines maintenant. Cela se manifestait sur son visage. Sourire permanent, fossettes creuses et yeux étoilés. Tout son être revivait.

Pour son anniversaire prévu le 24 décembre, mes frères et moi, avions décidé de lui offrir un cadeau inoubliable. Nous avons d'abord opté pour un téléphone portable. Après plusieurs réflexions, nous avons compris que la technologie n'était pas son fort. Il ne valait pas la peine d'investir dans un objet aussi coûteux pour qu'au final, elle ne l'utilise presque pas. Nous avons finalement choisi le Wax[4] . On avait aucune idée sur ses préférences

---

[3] L'appellation des habitants de Kisangani.
[4] Tissu en forme de pagne très populaire en Afrique.

mais, on savait que ça lui plairait. De toute façon, le geste comptait plus que tout.

Après une semaine agitée, le jour d'anniversaire de Maman arriva enfin. Elle avait convié ses collègues de travail, ses amis proches et sa famille à la maison. Tous étaient présents sauf mon père. Les gens appréciaient beaucoup la compagnie de ma mère. C'était une personne agréable disaient-ils. L'absence de mon père était remarquable au point que les convives n'arrêtaient pas de demander à quelle heure il rentrerait pour voir sa femme.

Que faisait-il dehors pour manquer ce moment aussi mémorable ? Maman nous a dit qu'il avait un rendez-vous important pour son travail. Bon, malgré son absence, la fête fut belle.

Il y avait de la bonne Rumba Congolaise [5] et de la bonne bouffe. Les convives apportèrent des gâteaux à ma mère et elle offrit la collation à tout le monde. L'ambiance était exceptionnelle.

La nuit tombée, les invités demandèrent la route pour rejoindre leurs domiciles. Kisangani est une ville étrange. L'obscurité absorbe les rues comme dans les films d'horreur. Il vaut mieux ne pas rentrer très tard par ici.

---

[5] Style de musique en vogue au Congo

Il est minuit et cela fait une heure maintenant que les invités sont partis. Mon père n'est toujours pas rentré. Maman s'inquiète un peu que son homme ne soit pas à la maison. Elle sait que ce n'est pas très grave au fond car ça arrive assez souvent que mon père rentre tard. Il partage sûrement un dernier verre avec ses amis.

Mes frères et moi avions décidé de tenir compagnie à maman le temps que papa revienne. Elle nous raconta des belles histoires comme elle savait bien le faire. Quelques minutes plus tard, elle fut interrompue dans son élan par des coups de tonnerre sur la porte. Oui, quelqu'un frappait aussi fort que Zeus.

-    Restez-là, moi je vais aller voir. Dit ma mère.

C'était mon père qui rentrait. Il expliqua très brièvement à ma mère que sa journée était épuisante et qu'il avait trop faim.

En général, ma mère garde toujours une part de nourriture pour les plus gourmands mais ce soir-là, pas de bol pour mon père. Il ne restait presque rien dans les stocks de Maman. En plus, elle n'a pas eu le temps de cuisiner à cause de son anniversaire.

- Désolé chéri, il n'y a plus rien à manger pour ce soir. Je pensais que tu mangerais dehors avant de rentrer. Dit ma mère d'un ton si calme.

Mon père resta silencieux quelques instants. Il se leva ensuite, prit le verre de cristal qui se trouvait sur la table et l'explosa par terre. Il était très en colère. Je n'avais jamais vu autant de fureur sur le visage d'un humain. C'était terrifiant.

Incontrôlable, mon père prit le chemin de leur chambre pour se coucher.

Ma mère était sous le choc. Son visage laissait paraitre des questionnements. Au fond, moi j'étais comme elle. Je me demandais : « Pourquoi tant de violence ? ».

Sincèrement, je n'avais aucune réponse.

Je vous mentirai, si je vous disais que ma mère a été battue par mon père cette nuit-là ... Mais, le fait de casser un verre parce qu'il n'y avait plus de nourriture, n'était pas de la bienveillance. Pour protéger maman, mes frères et moi devrions redoubler la vigilance. Elle passa la nuit dans ma chambre pour éviter que le pire ne se produise.

Le matin à l'heure du petit-déjeuner, toute la famille se retrouva à table. J'appréciais particulièrement ce moment. C'était l'occasion pour nous de faire le bilan.

Mes frères et moi, racontions nos journées d'école à nos parents. Nos parents en retour, nous parlaient de leurs journées de travail. Ce matin-là, je n'avais qu'une seule envie : ramener mon père à la raison. Ce n'était pas vraiment mon rôle mais je devais le faire :

- Papa, ce que tu as fait hier, était très violent. J'ai fait un cauchemar à cause de ça cette nuit … Je suis encore sous le choc.

Sans dire un mot, mon père se leva, prit sa mallette avant de quitter la table pour se rendre à son travail. Ma mère me regarda longuement sans faire de commentaire. Dans les minutes qui suivirent, mes frères et moi étions en route pour l'école.

****

ELLE EST RESTEE

La plus violente douleur qu'un enfant puisse éprouver est de voir sa mère dans la souffrance. La plus grande perte pour une mère, c'est de voir son fils dans un cercueil. Demandez à celles et ceux qui ont vécu l'expérience.

L'épreuve que traversait ma mère m'avait transformé au point de ne plus me rendre compte de mon jeune âge. Au fond, je n'étais qu'un enfant. Mais, les enfants de mon âge paraissaient beaucoup plus insouciants, mangeaient comme des taupes et moi je me retrouvais à enquêter comme Sherlock. A vrai dire, j'étais fier de me battre pour ma mère et je pense qu'elle l'était aussi pour moi. Cette fierté intransigeante d'une mère pour son fils : l'être aimant, aimé.

****

Un après-midi d'automne, en sortant de l'école, la ville de Kisangani semblait renaitre de ses cendres. Les visages des Boyomais étaient plus détendus, les feuilles d'arbres plus vertes et l'ambiance dans les ruelles, endiablée. C'était sûrement parce que les travailleurs venaient de toucher leur salaire de fin du mois. L'univers était en parfaite harmonie avec les humains.

En arrivant chez moi, une chose me parut étrange. La porte de la maison était fermée et derrière, j'entendis des bruits inquiétants. J'ai d'abord pensé que les dépanneurs réparaient un trou dans la maison. Je suis donc resté cinq minutes à frapper mais sans réponse. J'ai ensuite eu l'idée de gravir les palissades du mur en dessous de la fenêtre d'où provenait les bruits pour voir ce qui se passait à l'intérieur de la maison : Oh non !

Houston, we have a problem!

Ce que j'ai vu ce jour-là est resté dans ma tête comme un cliché des vacances que l'on place au retour sur un mur. Je me souviens des détails comme si c'est aujourd'hui.

J'ai vu ma mère assise au sol, ses mains couvrant son visage pour se protéger des coups de poing de mon père et la rage de mon père qu'aucun supplice ne pouvait calmer. Le reflexe que j'ai eu pour l'aider fut salutaire : j'ai pleuré ! J'ai pleuré de toutes les larmes de mon corps, de toute la voix de ma gorge.

Mon père ayant compris qu'ils n'étaient plus deux à vivre la scène, calma sa rage dans les secondes qui suivirent. Il ouvra la porte et je courus pour rejoindre ma mère.

L'enquête était bouclée. Toutes les questions que l'on se posait venaient de trouver leurs réponses.

Au fond, je n'ai jamais cherché à savoir la raison de cette violence de mon père envers ma mère. Tout ce que je sais : Aucun acte aussi offensant qu'il soit ne pourrait la justifier.

Le moins que l'on puisse dire, la meilleure solution face aux violences conjugales, c'est de PARTIR.

Ma mère est restée. Elle est restée, parce que c'était la seule façon de s'occuper de l'éducation de ses enfants. Elle est restée, parce que l'amour d'une femme peut changer un homme. Elle est restée, parce qu'elle ne voulait pas sacrifier l'avenir de ses enfants. Et pourtant, elle avait mille et une raisons de partir.

Elle a mis en danger sa vie pour sauver la mienne : « Je célèbre son sacrifice! ».

****

RETOUR SUR L'ECRITURE

Cette nouvelle aurait pu s'appeler *Mémoires de mon enfance.* J'ai commencé son écriture en 2020. Au départ, je voulais écrire une pièce de théâtre mais, après plusieurs tentatives non abouties, j'ai décidé de modifier le format. Cette histoire ne changera en aucun cas l'amour et le respect que j'ai pour mon père et sa mémoire. Il était un homme attentionné, drôle, cultivé et il aimait sa famille. Après son décès, je m'en voulais de ne pas avoir eu une discussion avec lui à ce sujet. J'ai donc décidé d'écrire. Maintenant qu'il n'est plus là, je voulais faire le vide dans ma tête et mon esprit. Vous vous demanderez sûrement pourquoi j'ai décidé de partager cette histoire avec vous. Premièrement, je pense que mon père n'est pas le seul à avoir commis cette erreur. Je crois profondément, qu'il s'en voulait et mon écriture exprime son regret. Deuxièmement, je voulais que les hommes arrêtent de penser que la violence est la meilleure solution pour résoudre un problème. S'il y a bien un secret à partager, sachez que : « Les mots ont plus d'effets que les coups ».

Imprimé en Allemagne par les maisons d'édition BoD

© Mai 2023, *Elle est restée*